内容简介

　　本书讲述作者女儿在婴幼儿时期的故事，准确地说是带着一点点创作成分的记录。全书通过一个个小故事，将科学育儿、早期开发婴幼儿智力的点点滴滴融入了故事之中。愿这种尝试成为天下父母们的共同创作活动，以此引发父母们给自己的孩子讲他们自己的故事的兴趣。

　　本书由散文家朱辅国著，文笔流畅、亲情弥漫，用爱为孩子铺就成长的红地毯。

作者简介

　　朱辅国　网名一字无价、三独，中国散文学会、四川省散文学会会员，德阳市作家协会理事。有十余年媒体工作经历，在省、市报纸、杂志做记者和编辑工作，现任德阳市广播电视报编辑部主任。作品散见于《南方周末》、《星星》、《四川文学》等国家级和省、市各级报刊，并被多部散文集收录；已出版旅游散文集《马背上的若尔盖》一部，主编（执行主编）《财富德阳》一部，参编《养育一个天才》一部。2009年被评为德阳市关心下一代工作优秀工作者、德阳九大爱鸟人物。

育儿小故事
讲的我

朱辅国◎著

绘图◎王海　封面题字◎张守泽

摄影◎唐明超　朱辅国

四川大学出版社

责任编辑：朱辅华
责任校对：许　奕
封面设计：米茄设计工作室
责任印制：李　平

图书在版编目(CIP)数据

育儿小故事：讲的我 / 朱辅国著. —成都：四川
大学出版社，2012.11
ISBN 978—7—5614—6318—5

Ⅰ.①育… Ⅱ.①朱… Ⅲ.①故事-作品集-中国-
当代　Ⅳ.①I247.8

中国版本图书馆 CIP 数据核字（2012）第 282174 号

书名	**育儿小故事——讲的我**	
	Yu'er Xiao Gushi——Jiang De Wo	
著　者	朱辅国	
出　版	四川大学出版社	
地　址	成都市一环路南一段 24 号 (610065)	
发　行	四川大学出版社	
书　号	ISBN 978—7—5614—6318—5	
印　刷	郫县犀浦印刷厂	
成品尺寸	180 mm×210 mm	
印　张	5	
字　数	75 千字	
版　次	2012 年 12 月第 1 版	
印　次	2012 年 12 月第 1 次印刷	
定　价	20.00 元	

◆读者邮购本书，请与本社发行科
联系。电 话:85408408/85401670/
85408023　邮政编码:610065
◆本社图书如有印装质量问题,请
寄回出版社调换。
◆网址:http://www.scup.cn

版权所有◆侵权必究

写给年轻的父母们

从"口袋娃娃"开讲

"口袋娃娃"的发明专利权属于我女儿的奶奶。也是听女儿的奶奶给她讲"口袋娃娃"的故事触发了我写这册娃娃自己的故事书。

从还不知道女儿听不听得懂故事的时候开始，我便一厢情愿地给她反复讲一些我自己记得的故事，比如《龟兔赛跑》、《破缸救友》、《熊家婆》以及《安徒生童话》……有时也讲她的哥哥（姑表哥）的一些故事。

有一天，无意间听到母亲在给女儿讲"口袋娃娃"的故事，开始也不在意。后来听到母亲在问："讲的是哪个?"

女儿奶声奶气地答："讲的我，讲的我!"言语间竟充溢着一种不可言喻的兴奋和快乐。

这之后，女儿就经常缠着母亲给她讲"口袋娃娃"的故事，

母亲不在的时候也会让我给她讲，乐此不疲。每每在讲完之后，她还要大人问她："你问我讲的哪个嘛。"然后依然是充满兴奋和快乐地回答："讲的我，讲的我！"顿时，整个家里快乐弥漫。之后就又总是女儿"再讲一个，再讲一个嘛！只还讲一个就明天讲"的请求。

"口袋娃娃"便成了全家人对襁褓中的婴儿的统一称谓。

所有孩子的成长过程都离不开故事。除了代代相传的诸如《熊家婆》一类中国民间童话故事之外，主要是一些名人童年故事和儿童作家们创作的童话。这些故事当然都非常好，而且大部分故事的教育意义都极强。我们也常常听到老人们讲我们自己小时候调皮的事，但更多的时候是当我们"长大"了之后，在回到父母、祖父母身边时，听长辈们幸福的回忆——亲情弥漫、快乐依旧，这甚至成为我们生命中最有生命力的幸福触点。

给儿童讲他们自己的故事，我们都在有意无意地讲着。不过，在我有限的阅读和记忆中，还没有人专门来写，准确地说是带着一点点创作成分的记录。也许我们多数时候更愿意把这些琐碎的记忆留给自己，因为我们给孩子讲故事的时候多数带着"教育、培养"价值的惯性意识。

我写这些故事，基于亲情和快乐。我可以负责任地告诉大家，我不会有意识地考虑故事的教育意义，不过科学育儿、早期开发婴幼儿智力的点点滴滴已融入了故事之中。

我更愿意让我的这种尝试成为天下父母们的共同创作活动，以此引发父母们给自己的孩子讲他们自己的故事的兴趣，那样，更好的故事就不在这本小集子之内了。我深信。

　　在这里，我要感谢我的母亲，并愿将此书献给天下年轻的母亲们。

朱辅国

2012年10月

写给年轻的父母们

目　录

口袋娃娃

会爬的小狗狗

树叶抱着小鸟睡觉

目录

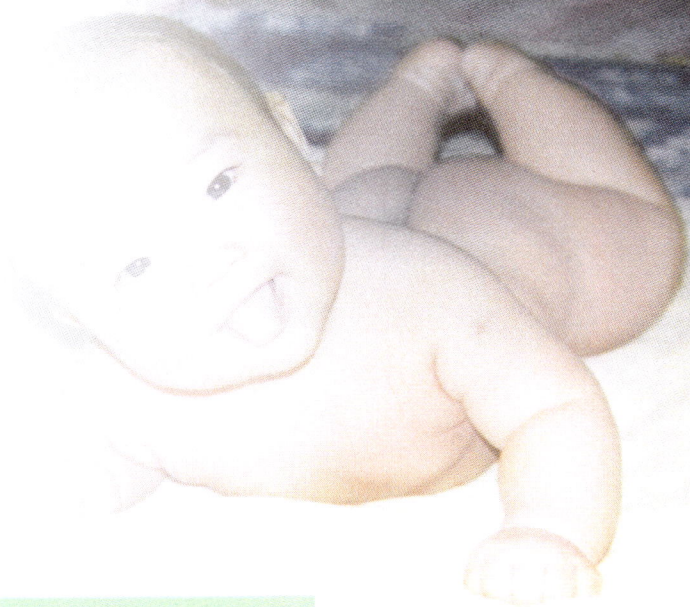

口袋娃娃

天使的礼物

女儿，你是天使送给爸爸的一份最最珍贵的礼物。

春天，爸爸在妈妈的肚子里放了一颗种子，一天一天的，这颗种子在妈妈温暖的肚子里长成了一个小宝宝。小宝宝慢慢地长大了，妈妈的肚子越来越大，圆滚滚的像是里面藏了一个大西瓜。小宝宝开始在妈妈的肚子里伸胳膊蹬腿，像个调皮的小青蛙。妈妈的肚皮就这里臌起一下，那里又臌起一下。爸爸把手贴在妈妈的肚子上，想让小宝宝踢一下，可小宝宝就像和爸爸捉迷藏似的，东一下西一下，就是不踢爸爸的手，好不容易才碰上一回，可小宝宝很快就又跑掉了。

一天，爸爸做了个梦，梦到走进一个好大好大的园子，里边开满了各种各样的花儿。在花丛中，有朵花特别大，特别美，还有一股淡淡的香味儿，可就是不知道它叫什么名字。到早晨起床的时候，爸爸还在想啊，想啊。

在秋天的最后一天，宝宝觉得妈妈肚子里面太窄了、太黑了吧，把妈妈踢得很疼很疼，想出来看看爸爸妈妈是什么模样。妈

天使的礼物

妈没办法了，就告诉爸爸："宝宝要出来了，我们快去医院吧。"

两个天使一样的阿姨，把妈妈送进一间又宽又大的白色屋子，把焦急的爸爸关在门外。

宝宝一定是找不到出来的门，在妈妈的肚子里瞎撞，撞得妈妈好痛好痛，痛得大声地叫。爸爸呢，站在屋子外面，急得一头汗水，眼睛不停地看手里的手机，手机上的时间一分一秒地走，

走得很慢很慢。爸爸把手机都捏得湿湿的，像是时间走得很累很累，流了很多汗水。

屋里的医生和护士阿姨都在帮忙，想让宝宝快点出来。

宝宝终于出来了，爸爸嵌在门缝里的耳朵听到了一声响亮的哭声。宝宝第一次睁开眼睛，猛然看到自己来到一间又白又亮的大房子：这里是哪里呀？一下子找不到妈妈，宝宝就哇哇地哭了。护士阿姨把小宝宝抱到妈妈那里，让妈妈亲了一下，宝宝就不哭了。

护士阿姨把宝宝包起来，像一个小小的口袋，送给爸爸，说："恭喜你，是个千金。"宝宝像是知道爸爸来接她了，眼睛睁了一下。爸爸就看到她笑了一下，好像在说："我认识你。"

爸爸就有了一个口袋娃娃。

天使的礼物

口袋娃娃像谁呢

口袋娃娃出生的时候已经是凌晨 4 点了，她看了爸爸一眼，就睡着了。妈妈很累很累，也睡着了。白色的小屋子非常安静。爸爸可睡不着。他在想啊：怎么我就当上爸爸了，这个口袋娃娃就是我的女儿吗？

爸爸看着口袋娃娃，很久很久，一动都不动。

这个口袋娃娃就是我的女儿吗？怎么一点都不像我，也不像妈妈呢？

啊，鼻子像爸爸！可再看一会儿，又不像。

是眉毛像爸爸，嘴巴可是像妈妈！

不对，不对，是额头像爸爸。哎，不对，还是鼻子像爸爸……

一会儿看是这儿像，一会儿又看是那儿像。一会儿又觉得都不像，就想啊想啊：这个口袋娃娃是从哪里来的？她是谁啊？爸爸怎么不认识她呢？可是她身上的香味，她细细的呼吸声，又怎么那么熟悉呢？

过了一会儿，得到消息的奶奶来了，外公、外婆也来了。爸爸还在看口袋娃娃。奶奶和外公、外婆晚上都睡不着觉，在等口袋娃娃出来呢。

　　天亮了，姑爹、姑妈也赶过来了。口袋娃娃睡她的觉。奶奶、外公、外婆、姑爹、姑妈都围着她看。妈妈说口袋娃娃的小眼睛像外公，姑妈却硬要说口袋娃娃的眉毛、鼻子都像姑妈。爸爸呢，一直在看啊看，越看越觉得口袋娃娃像爸爸。睡着了的口袋娃娃一定在笑这些大人，因为每个来看她的人都说看到她笑了。

口袋娃娃像谁呢

娃娃掉下来了

　　为了等口袋娃娃生下来，爸爸可是一整夜都没睡觉，又很紧张，实在是太累了。第二天中午，爸爸太困了，就歪在医院里的一张空床上睡着了。

　　妈妈有事要请人帮忙，奶奶他们呢，又带着来看口袋娃娃的亲友们出去吃饭去了；邻床生了宝宝的阿姨呢，也帮不上忙。妈妈就喊爸爸，可喊了半天就是喊不醒。妈妈急了，抽出一个枕头就给爸爸扔过来，还大声地叫："娃娃掉下来了！"

　　你猜咋的？爸爸一翻身就起来了，还一下就接住了妈妈扔过来的枕头。

　　"哄"地一声，妈妈和躺在邻床的阿姨都笑起来了。抱着枕头，爸爸还一脸迷茫地问："娃娃呢？"等看到我们的口袋娃娃还安安静静地躺在妈妈旁边的小床上时，爸爸也禁不住笑了。

口袋娃娃爱干净

才出生的口袋娃娃不会说话，屙屄屄、屙尿尿还不知道说，护士阿姨就给她穿上像个小裤裤一样的尿不湿，屄屄和尿尿就都屙在尿不湿里面。每天早上和下午护士阿姨定时给口袋娃娃们洗澡。

我们家的口袋娃娃从小就爱干净。为什么呢？每天洗澡的时候她都很高兴。因为屄屄和尿尿屙在尿不湿里了她会很不舒服。虽然她不会说话，但她会哭啊，每次快到该洗澡的时候，她都会大声地哭。等护士阿姨给她洗过澡，换上

9

新的尿不湿和干净的衣服后，她就安安静静的，不哭不闹了。

医院里的口袋娃娃很多，每次只能洗四个。为了让爸爸的口袋娃娃能先洗上澡，爸爸总是早早地抱了她去排队。洗完澡的口袋娃娃香喷喷的，小脸蛋红扑扑的，可爱极了。爸爸又担心万一抱错了，把别人家的口袋娃娃抱回去了怎么办呢？所以每次爸爸在把我们家的口袋娃娃交给护士阿姨之前，都要好好地看看，想在她脸上找出个记号来。

护士阿姨们还真有办法，在每个口袋娃娃的小手腕儿上套个小牌子，写上名字和出生时间，这样就不会搞错了。爸爸是不是白担心了？

口袋娃娃长得快

在医院住了几天，我们就回家了。

这下谁给口袋娃娃洗澡呢？奶奶很久没洗过娃娃，说娃娃软粑粑、滑溜溜的，抓紧了怕她疼，松了又怕她掉下去，不敢洗。爸爸在医院里看过贴在墙上的宣传画，就照着样子洗娃娃。

那时口袋娃娃真小，爸爸用左手托着她的小屁股，让她的头靠在爸爸的臂弯里，就可以给她洗澡了。洗头的时候呢，爸爸张开一只手掌，不但能托起她的脸，还可以用张开的中指和拇指按住她的两只小耳朵，这样水就不会灌进耳朵里了。开始的两个月，用家里的一个比较大点的花瓷盆就能给她洗澡，可才过了5个月，瓷盆就装不下了。外公拿来一个很大的铝盆子，说是给妈妈小时候洗澡用的，现在可以给口袋娃娃洗澡了。

爸爸就想，我们家的口袋娃娃怎么长这么快呢？好像洗一次澡就长一点。奶奶说娃娃是"见风长"，每天抱出去晒晒太阳、吹吹风，就长高一点。

还是姑妈说的话有科学道理。她说这是阳光浴、空气浴，皮

肤晒了太阳可产生维生素 D，避免娃娃缺钙长不高；还可提高娃娃的抵抗力，少生病。姑妈还说妈妈的奶最有营养，娃娃吃妈妈的奶不生病。我们的口袋娃娃最乖，肚子一饿小脑袋就会朝妈妈的怀里钻，小嘴巴还"吧嗒吧嗒"地响，含着妈妈的奶头后就听她吮得"咕咚咕咚"地响。吃饱后，遵照姑妈的指示，把口袋娃娃抱起靠在大人身上，轻轻拍拍背，听到"嗝"的一声，排出了空气，过会儿就轻轻放下，让口袋娃娃好好睡。娃娃睡得好，一定长得高。

口袋娃娃叫朱文禾

　　我们的口袋娃娃还小的时候，大家可以喊她"宝宝"，但宝宝要长大，要和其他人一起学习、工作，如果都叫宝宝，就分不清谁是谁了。就像外面有两条小狗狗，我们要把它们区分开，就会称这条狗狗叫雪雪，那条狗狗叫花花一样。宝宝也得有个名字，我们的口袋娃娃就取了个名字叫朱文禾。

　　为什么要取个名字叫朱文禾呢？这也有个故事。

　　宝宝还没生下来的时候，爸爸妈妈就在想给她取名了。爸爸姓朱，宝宝也就姓朱，别人才知道你是朱家的。按我们朱家的祖先定的"班辈"，你的祖祖是"朝"字辈，他的名字就叫朱朝什么；爷爷是"廷"字辈，他的名字就叫朱廷什么；姑妈、大伯、爸爸是"辅"字辈；到你呢，该是"道"字辈……班辈是为了区分长辈和晚辈的，就像我们给什么东西编上1、2、3、4一样，如果说祖祖辈是1，那爷爷辈就是2，爸爸辈就是3，你这辈就该是4了，只不过1、2、3、4我们都用了一个字来代替。那我们的宝宝叫朱道什么呢？爸爸想了很久都没有想出一个好听好写好

记又有意义的名字来。于是就想不用班辈算了。爸爸姓朱，妈妈姓文就给宝宝取个朱文什么的名字。开始爸爸就去翻一些读过的书，其中有一本大家都觉得很有意思的叫《论语》的书，这本书里面有句话叫"君子欲讷于言而敏于行"，就是教大家要少说话多做事的意思，很多人取名字就叫什么敏的……但那些好听又有意思的字已经有很多人用来取名字，取重复了不好，以后会有人和宝宝的名字一样。于是爸爸想给宝宝取个很特别的名字。有天

爸爸在一页纸上写字，写了很多"朱文"后，想起一个禾苗的"禾"。这个字用来取名字的人比较少，三个字连起来又特别好写。朱文禾可以一笔就写出来了，特别是把三个字的最后一笔——一捺，留在最后一起写，三个字共同用一捺，整个名字就连成一体了，很好看。爸爸就决定给宝宝取名叫朱文禾。

姑妈在宝宝未出生时就想好了名字，生的儿子叫"文豪"，生的女儿叫"文英"，生

双胞胎正好一对"英豪"。"英豪"就是英雄豪杰的意思。姑妈说若爸爸成不了一代文豪，就让爸爸的儿子去圆这个梦。宝宝生下来是个女儿，所以姑妈坚持要给宝宝取名叫"朱文英"。姑妈还给宝宝取了个小名叫朱珠，说是朱家的一颗宝珠。

　　大伯问爸爸取名叫"朱文禾"有什么意义，爸爸也只说是写出来好看，像明星的签名一样。大伯就笑爸爸："还读了那么多书，取个名字只是写起来好看！还不如姑妈取的名字。"宝宝的奶奶、外公、外婆，还有妈妈都赞同姑妈取的名字，所以宝宝的出生证上的名字是"朱文英"。

　　后来爸爸想来想去还是觉得叫朱文禾好，在去派出所给宝宝上户口的时候，便用了"朱文禾"这个名字。不过还好，有一天爸爸在读一本古书的时候，在《吕氏春秋·任地篇》中看到一句话："今滋美禾，来滋美麦。"爸爸觉得很有意思，终于给我们宝宝的名字找到了出处。宝宝的名字里就有了爸爸希望宝宝长得健健康康、漂漂亮亮，将来做一个有用的人的意思了。而且以后如果发现有人和宝宝的名字一样，还可以在现在的名字里加个美字，叫"朱文美禾"，也很好听。

口袋娃娃叫朱文禾

会爬的小狗狗

六个月的娃娃要看书

会爬的小狗狗

水果娃娃

小猴子荡秋千

不吃妈妈的奶了

长得高　换灯泡

多吃一个核桃

杯子变成玻璃了

被奶奶收拾了一回

救护车说：快让开　快让开

奶奶小心

小小指挥家

老虎咬屁股

爸爸乖

我长大了背爸爸

宝宝勇敢

开满野花的小路

六个月的娃娃要看书

口袋娃娃长到 4 个月后，天气暖和了，就不用再把她包起来了。爸爸妈妈给她穿上小衣服、小裤子，她的小手手、小脚脚就可以随便动了。6 个月时，宝宝已经能稳稳地坐起来了。

姑妈每次来看宝宝都要送一些书啦、卡片什么的。爸爸开始还笑姑妈："这么点儿大的娃娃就给书看，也太心急了。"

没想到我们宝宝还真爱看书。一天早上，爸爸醒来的时候，见半岁大的宝宝自己坐在床上，翻着《小手撕不破》看。那认真的样儿真可爱，爸爸赶忙让妈妈拿照相机来给宝宝拍了一张相。

后来，妈妈做饭的时候，爸爸又要带宝宝又想自己看会儿书，就让宝宝坐在爸爸的大书桌上，也给她一本娃娃书看。爸爸看会儿书，又看看宝宝；宝宝看会儿书，也看看爸爸。有一次爸爸看到宝宝歪着头，在看爸爸看书的模样，好像在说："爸爸看书的样子真好看。"

宝宝慢慢长大了。上幼儿园之前，每天白天都是奶奶来带她。妈妈上班走得早，好多时候爸爸都还在睡觉。奶奶来时经常

都看到宝宝自己坐在床上看书。她还给奶奶小声说："爸爸晚上工作累了，等他睡。"

　　奶奶带宝宝的时候，教会了她很多儿歌、唐诗，朋友送给爸爸的一本绘图民俗《百谣图》上的童谣她也能背出不少。可爸爸要她背给大人听的时候，她总是要把书拿出来，看着书念。其实那时她根本还不识字，不知道的人如果见到这情景，还真会以为她都认得了呢。因为她不管是背儿歌还是唐诗什么的，她翻到的都一定刚好是那一页。

会爬的小狗狗

    奶奶经常说：七坐、八爬、九生牙。就是说小宝宝长到 7 个月就能坐起来，8 个月就会爬，9 个月就该长牙了。

    其实，这都是过去的说法。我们宝宝刚 6 个月就能坐着玩，牙齿也长出来了，可就是快 9 个月了还不会爬。这可让爸爸妈妈很着急。姑妈说过，要多让娃娃在地上爬，既锻炼身体又开阔眼界，长大了才更聪明。姑妈还经常打电话问宝宝学会爬了没有。

    爸爸妈妈想了很多办法：把她喜欢的玩具放在前面逗她去拿，可她只知道伸手；用布娃娃教她爬，爸爸在地上爬给她看，都没用。她趴在地上，最多能在原地打转，或者向后退几步。爸爸和妈妈就一个人在后面顶住她的小脚，一个人在前面帮她换手，还是没用。有时急了，她还会哭。

    可宝宝就是常常会给爸爸妈妈意外的惊喜。

    爸爸妈妈吃饭的时候，就在书房里铺一张大的草席子，上面放上几个布娃娃，让她一个人坐在上面玩，反正她不会到处爬。有一天中午，爸爸妈妈又到饭厅吃饭去了，还是让她坐在书房的

会爬的小狗狗

席子上玩。吃着吃着，爸爸就听到木地板"咚——咚——咚——咚"地在响。怎么回事呢？爸爸妈妈都停下来向书房方向看。噫！书房门口伸出一个小脑袋，双手撑在地板上，侧着头，像只小狗狗一样看着我们笑呢！

小宝宝会爬了，会爬了！爸爸放下碗就跑过去，把宝宝举得比爸爸还高。

水 果 娃 娃

　　爸爸妈妈有时候喊我们的宝宝叫"水果娃娃"，为什么呢？因为她最喜欢吃水果。

　　口袋娃娃还不满1个月的时候，我们就开始给她喂水果。不过那时是挤出果汁兑点开水用小勺子喂。姑妈说小宝宝每天都要补充维生素C，妈妈的奶再好也要给宝宝补充其他营养。口袋娃娃满3个月后，因为还没有长牙齿，妈妈就用小勺子把苹果、香蕉刮成泥喂。第一回吃苹果，她就很喜欢。小嘴一咂一咂地，好像在说："这是什么呀？好像比妈妈的奶汁还好吃呢。"以后一看到妈妈用小勺子刮东西，宝宝就把小嘴张得大大的，像等妈妈喂食的小鸟。

　　外公、外婆很喜欢水果娃娃，开始的时候她们老爱给水果娃娃买电视广告里的糖啊、果汁什么的。爸爸知道那些东西小娃娃经常吃不好，又不好说。就让妈妈告诉外公、外婆不要买那些电视广告里的东西，给小宝宝买水果就行了。这可不得了，从此以后只要街上有卖的水果外公都买回来，像火龙果，爸爸从前都没

看过、吃过。但我们的水果娃娃还真厉害，外公买的水果她都认识。因为那些水果她早在看图卡片上就认识了。

我们的水果娃娃吃起水果来可真行，比外公、外婆都吃得多。水果吃得多，不但身体长得好，人也长得像水果一样漂亮。脸蛋像苹果一样红彤彤的，眼睛像葡萄一样黑溜溜、水灵灵的。

爸爸就喜欢喊她水果娃娃。

水果娃娃爱吃水果，但也很懂礼貌，不管什么水果，她都要给大人先拿，有时只有一个了，也要给大人分。夏天，尤其是秋天水果特别多，水果娃娃每天都像过节一样快乐。有时吃水果太多，又不会吐水果里面的籽，结果第二天屙的屁屁里还有石榴籽或没有被消化掉的葡萄呢。

小猴子荡秋千

我们住的小区院子里，有一片花园，花园里有一个小水池，角落里还有一个小小的运动场。宝宝每天下午都要去水池边看鱼，但她最喜欢的还是到运动场去荡秋千。

宝宝才 10 个月的时候，就敢自己坐上去荡秋千了。她把两边的铁环抓得紧紧的，大人帮她荡起来的时候，她一点都不害怕。这让小区里的小哥哥、小姐姐还有叔叔阿姨们很羡慕，都夸她好勇敢。叔叔阿姨们教小哥哥、小姐姐们荡秋千都要讲，你看小妹妹多能干，自己都敢荡秋千。宝宝知道大家都在夸她，就表现得更勇敢了，不但要荡得高，还要像一些大姐姐荡秋千时那样，把两只小脚不停地上下摆动。宝宝还喜欢一边荡秋千一边听爸爸念儿歌。爸爸没有找到写荡秋千的儿歌，就给她编了一首："荡秋千、荡秋千，一荡荡到山那边。山那边有啥？一只小猴在荡秋千。"宝宝还不会说话，但每次听到"山那边有啥"的时候，

25

就"咯咯咯咯"地笑。

　　到 1 岁多了，还是天天都要去荡秋千。奶奶每次叫她回家，说妈妈要下班了，她都会像大人一样给奶奶约定："还荡两分钟。"但她又还不知道两分钟是多久。奶奶只好和她数着数荡，就这样在荡秋千中，她慢慢就能数到一百了，宝宝也长到 2 岁了。

不吃妈妈的奶了

　　宝宝长到 8 个月，本来不该再吃妈妈的奶了，因为妈妈的奶汁营养会越来越少，不能满足宝宝的身体需要了。平时爸爸妈妈亦遵照姑妈的指示，满 3 个月后就开始逐渐添加蛋黄、鱼泥等，现在每天可吃一餐蛋黄羹、一餐鱼泥软饭或鸡肝软饭……但妈妈的奶水还很多，早晚还是让她吃。同时也开始让宝宝喝牛奶。

　　到 1 岁了，又是冬天，宝宝晚上还一直吃着妈妈的奶。等到宝宝长到 1 岁零两个月，春天到了，爸爸妈妈终于下决心给她断妈妈的奶了。奶奶怕宝宝哭闹，还建议爸爸准备点苦瓜或黄连，如果宝宝闹着要吃妈妈的奶，就在妈妈的奶头上擦点苦瓜汁或黄连水。

　　其实，给宝宝隔奶才没那么麻烦。那天晚上 8 点过，宝宝该睡觉的时候，爸爸就叫妈妈出去了。然后告诉宝宝，妈妈要加班，今天爸爸陪宝宝睡觉觉。开始宝宝很听话，让爸爸给她洗了澡，就上床了。这时她才想起该吃妈妈的奶了，就和爸爸闹起来。爸爸抱了她满屋子找了，没有妈妈。宝宝就在床上"呜呜"

不吃妈妈的奶了

地哭，哭啊闹啊，有 20 分钟的样子，终于困了，睡着了。第二天晚上，宝宝又闹，但只有 5 分钟的样子就睡了。第三天，只"呜呜"了几声，就让爸爸给她唱歌。早上起来的时候看到妈妈，她只是生气，不理妈妈。等到晚上，她给爸爸说，要妈妈陪她睡觉觉，还很懂事的样子说："我不吃妈妈的奶了，我喝牛奶。"

长得高　换灯泡

　　奶奶和宝宝在家里的时候，有一个灯不亮了。奶奶说："等爸爸回家后换个灯泡就行了。"

　　宝宝问奶奶："为啥要爸爸换，奶奶不换呢?"

　　奶奶说："奶奶矮，换不了。爸爸高。"

　　宝宝又问："奶奶为啥这么矮呢?"

　　奶奶告诉宝宝："奶奶小时候没有鸡蛋吃，没有牛奶喝，也没有水果吃。"

　　后来宝宝每天早晨和晚上喝牛奶的时候都很乖，要爸爸妈妈听她喝"咕咚——咕咚"。宝宝还给爸爸妈妈讲："奶奶小时候没有鸡蛋吃，没有牛奶喝，没有水果吃，所以长不高。我要长得高就要多喝牛奶。"爸爸问她长高了干什么，她就说："长得高，换灯泡。"回外公、外婆家，宝宝常给外公、外婆说："你们要多喝牛奶，喝了牛奶才长得高。"好一阵子宝宝见人就说："长得高，换灯泡。"

长得高　换灯泡

29

多吃一个核桃

  宝宝每天都要吃两个核桃，因为姑妈说宝宝吃核桃补脑、聪明。

  有一天，宝宝看到爸爸又在喝酒，那样子好像酒好喝得很。宝宝就悄悄地用小手指沾了一点往嘴里送。这却被妈妈看到了。妈妈装出很凶的样子教训宝宝说："小娃娃不能喝酒，喝了酒脑子不聪明。"

  爸爸赶紧说："这下知道酒不是很好吃了吧。快给妈妈说以后不喝了。"哪知宝宝竟答道："那一会儿我就多吃一个核桃嘛。"还得意地向妈妈眨眨眼睛。

杯子变成玻璃了

在宝宝 2 岁多点时，不管是有客人来了，还是爸爸妈妈回来，她都要拿杯子去饮水机上接水。其实爸爸知道，她主要是喜欢玩水。怕她被烫着，爸爸不仅教她红色的开关放出来的是开水，蓝色的是冷水，还让她伸出一根指头试了试。

宝宝喝水有她自己的胶杯，但她经常要把大人的杯子都拿来放在一起，把水从这个杯子倒进那个杯子，又从那个杯子倒进这个杯子，常常把自己的衣服和家里打湿一大片。

有天宝宝和妈妈在家时，她硬是要拿爸爸在家专门用来喝啤酒的大玻璃杯倒水。"你给你爸爸打（碎）了，爸爸回家就要打你屁股。"妈妈话还没说完，就听到"叭"的一声，玻璃杯在地板上碎成几块。

宝宝自己知道犯了错误，妈妈那儿好说，就怕爸爸动"家法"。宝宝在楼上听到爸爸在给院里的人打招呼，下班回来了，立即开了门到楼梯口把爸爸接住，抱着爸爸亲了又亲，还一声接一声地喊着"爸爸，爸爸"。看到爸爸很高兴，宝宝这才胆怯地说："爸爸，对不起，今天我不小心把杯子变成玻璃了。"爸爸立即安慰道："没关系，以后小心就是了。"

宝宝领到了爸爸的"圣旨"，欢欢喜喜地扑进妈妈的怀里。

杯子变成玻璃了

被奶奶收拾了一回

爸爸妈妈上班了，奶奶在家带宝宝。每天奶奶都要教宝宝背一会儿儿歌、看看卡片啊什么的，再带宝宝到院子里玩一会儿，到 11 点，又要回家做饭。宝宝呢，总黏着奶奶，一刻都不离开。奶奶摘菜，她也要摘；奶奶炒菜，她还要奶奶一只手抱着她。甚至她还要争着拿锅铲在锅里比划比划。

宝宝长得越来越重了，奶奶一只手抱不动了。外公听说这事后，给宝宝买了一套做饭、炒菜的玩具给她玩。但奶奶炒菜时，宝宝还是硬要奶奶抱着她，好赖皮啊。

有一天奶奶坚持要宝宝自己玩。奶奶进厨房后一边做饭，一边和她玩打电话的游戏。开始还行，时间长了宝宝就不干了，不讲道理地在客厅里哭。奶奶装作没听见，不理她。宝宝就有意哭得更大声，奶奶也装作听不见。等奶奶洗好米，放进电饭煲后出来，一看时间，宝宝都哭了差不多有 5 分钟了。奶奶虽然心中不忍，但还是硬起心肠不理她。宝宝见奶奶还是不理她，就一边"呜呜"地哭，一边蹭到奶奶身边去。奶奶这才问她："是不是要奶奶哄一下就不哭了?"宝宝点点头。奶奶把宝宝抱在怀里拍拍背、亲亲脸蛋、顶顶额头,宝宝就笑了。

这以后,宝宝讲道理多了。后来遇到不合意的事,只是轻声哭哭撒撒娇而已,然后会要求:"爸爸(妈妈)你抱我一下嘛。"

被奶奶收拾了一回

救护车说：快让开　快让开

　　宝宝快 1 岁了还不会说话。爸爸抱她出去玩时，仍然不停地给她说：这是红色的花，那里有一只蝴蝶；这是榕树，你看树干上像胡须一样的东西是树长的气根，气根可以吐气、吸水；我们来数一数有几条红色的金鱼，几条黑色的；哦，从我们面前开过去的绿色的小车是出租车，那是公共汽车……

　　有一天，一辆救护车"呜啊——呜啊"地开过来，爸爸就给宝宝说："这是救护车，它要去抢救病人，所以它就一路不停地叫'快让开！快让开！我要去救病人！'"

　　过了很久了，宝宝会说话了。有一天外公、外婆带宝宝在街上玩，正好看到有辆救护车开过来，外婆让宝宝看救护车。哪知宝宝忽然说："救护车在喊快让开、快让开。"

　　这可不得了，外婆好像发现了一个天才宝宝，一看到妈妈就很兴奋地告诉她宝宝很聪明。

救护车说：快让开 快让开

奶奶小心

从妈妈休完产假到宝宝上幼儿园之前，一直都是奶奶来带宝宝。奶奶呢，每天都要赶在爸爸、妈妈上班之前，骑自行车从城南奶奶的家到城北我们的家来带宝宝。奶奶和宝宝一起做游戏，陪她睡觉觉，给她讲故事，教她背唐诗、念儿歌，还要带她出去晒太阳。宝宝学走路，也是奶奶用一条爸爸的围巾套在她的腰上教会的。每天下午，爸爸、妈妈下班回来了，奶奶还要回城南的家。

宝宝喜欢奶奶，她熟悉奶奶上楼的脚步声。早晨总是宝宝告诉爸爸、妈妈：“奶奶来了。”宝宝也知道奶奶下午都要回奶奶自己的家，奶奶要走了，她从不撵路，给奶奶说了再见，就看着奶奶推车出院门。

大概在宝宝2岁多一点的一天，还是冬天呢，天黑得早，等爸爸下班回来，已经快7点钟了。奶奶推了自行车又要回去了，宝宝看着奶奶快出大门了，忽然大声地喊了一声奶奶，就跑了过去。院里的阿姨都笑着说：“朱珠要撵路了。”可等奶奶架好车，

弯下腰来抱宝宝时，她附在奶奶的耳朵边说了句："奶奶你要小心。红灯停，绿灯行。"听得跟在她身后过去的爸爸心都一下子热了。

后来奶奶告诉爸爸："那天小孙女说了'奶奶你要小心'，我心里一直暖暖的、甜甜的，又酸酸的。每经过一个十字路口，特别注意下车等绿灯亮了才推着车过街。"

奶奶小心

小小指挥家

宝宝很小的时候就表现出对音乐节奏敏感。听到电视里、收录机里在唱歌，宝宝就要跳舞，还会自己想一些舞蹈动作。动作非常协调，节奏很准。

有天回外公家，听到《新闻联播》前播放的国歌，宝宝站直了身子，就开始打节拍。外婆看呆了，异常兴奋地说："我孙女是个音乐天才。"

爸爸其实也很吃惊，因为那也是爸爸第一次看到宝宝当音乐指挥。但爸爸知道那一定又是奶奶的杰作。爸爸告诉外婆，哪有什么天才啊，小娃娃生下来都是一样聪明的，不同的只是各家的培养。外婆还不依，说自己的孙女就是比人家的娃娃聪明。

其实，宝宝爱音乐奶奶有很大的功劳。宝宝有一个很好的奶奶，她每天都会不厌其烦地和宝宝说话，和宝宝一起做游戏，宝宝喜欢做什么奶奶就陪宝宝做什么。奶奶每天都要跟宝宝一起听音乐，有时还一起拿支筷子敲碗啊、盘子什么的。

当然爸爸也有功劳。宝宝满月后，爸爸有空时就抱宝宝出去晒太阳，在花园里为了要宝宝睡觉，一边唱摇篮曲，一边轻轻地拍着宝宝。姑妈说过太小的宝宝不能用劲摇晃，以免振动宝宝的大脑。爸爸把宝宝斜斜地抱在怀里，让小脑袋靠在爸爸的臂膀上。爸爸轻轻地走路、轻轻地拍着口袋娃娃。爸爸做的这些动作都是合着摇篮曲的节拍做的。

当然妈妈也有功劳。宝宝还在妈妈的肚子里时，妈妈常常和宝宝一起听轻音乐。宝宝在妈妈肚子的"水晶宫"里还随着音乐节拍跳舞呢。

小小指挥家

41

老虎咬屁股

宝宝 2 岁时，一天和爸爸一起到严叔叔家去玩。刚进客厅，宝宝就发现一张软凳上画了只张牙舞爪的老虎，就兴高采烈地去坐"老虎"。

严叔叔逗趣地说："那老虎可是要咬屁股的啊。"

宝宝老练地回答："想骗人！这是假老虎。"

严叔叔悄悄伸手在宝宝的屁股上拧了一下。宝宝站起来看了看凳子，摸摸小屁股，然后小心翼翼地又坐回原位，还疑惑地眨巴着小眼睛。

严叔叔再伸手拧宝宝时，被宝宝发现了。宝宝一下子就明白过来，一边给爸爸扮鬼脸，一边大叫"叔叔，你坐这凳子，老虎也会咬你的屁股，怕不怕？"

严叔叔高高兴兴地照办了。

调皮的宝宝狠狠地在叔叔的屁股上拧了几下，还得意洋洋地问："怎么样，老虎也咬屁股了吧？"

爸 爸 乖

爸爸要抽烟，妈妈经常批评爸爸。爸爸只好在妈妈和宝宝不在家的时候偷偷抽。然而，妈妈和宝宝一回家还是会知道，因为家里有难闻的烟味儿。

爸爸常想，还是把烟戒了吧。可爸爸毅力差，总是在抽"最后"一支。

有天晚上，妈妈给宝宝洗了澡，进卧室睡觉的时候，爸爸听到宝宝给妈妈说："爸爸乖，今天他没有抽烟。"

爸爸果真把烟戒了。

爸爸乖

43

我长大了背爸爸

　　一到星期天，只要爸爸没别的事，就会和妈妈一起带宝宝出去玩。我们宝宝呢最喜欢去爬山。

　　有一次，早晨天气本来很好，哪知我们正在上山途中，就淅淅沥沥地下起了小雨。爸爸赶紧脱下自己的外衣让宝宝顶在头上，把宝宝背起就走。宝宝开始还是兴奋地在叫："快跑、快跑，雨来了。"

　　走了一段路，宝宝忽然说："爸爸的头会淋着雨。"

　　"大人淋点雨没关系。"爸爸说。

　　"有关系，有关系，大人淋了雨也要生病。"宝宝边说边将自己头顶的衣服往爸爸头上拉，还悄悄告诉爸爸："我小爸爸背我，我长大了背爸爸。"

我长大了背爸爸

宝宝勇敢

　　我家宝宝是最勇敢的宝宝，荡秋千勇敢，学走路勇敢，绊倒了从来不哭。她喜欢爸爸妈妈说她勇敢。

　　宝宝第一次跌倒是从沙发上滚下来，像个小绒球一样，一下子就掉在地上了。第一次看到宝宝摔了跤，一家人都很紧张。奶奶以最快的速度冲过去，把宝宝从地上抱了起来，嘴里还不停地说："宝宝勇敢，绊长了。"奶奶还给宝宝说："娃娃绊倒一次就长高一点，看我们宝宝又长高了。"宝宝真的没哭，还很高兴地笑了。

　　宝宝第二次绊倒是从床上滚下去的，爸爸看到宝宝还很能干，在滚下去的时候，一双小手还把床单紧紧抓住。爸爸知道她没摔着，就说："宝宝勇敢，自己绊倒自己爬起来。"宝宝在地上坐了一会儿，就自己起来了。

　　爸爸妈妈带宝宝第二次去爬东山那回，从一条比较陡的小路上山。妈妈在前面开路，爸爸在后面护驾，一有危险爸爸就护住宝宝。有一段路的土比较松，爸爸不停地叫宝宝小心，可宝宝还是滑倒了，爸爸没来得及保护她。宝宝在地上滚了两转，把爸爸妈妈吓坏了。看宝宝快要哭了，爸爸妈妈都在叫宝宝勇敢。爸爸还拿起相机给宝宝照了一张相。宝宝自己爬起来，眼里含着泪花，一边拍自己身上的土，一边对自己说："朱珠勇敢，朱珠勇敢。"那次是摔得最重的一回，后来爸爸看到宝宝膝盖上都划出血丝了。爸爸真的觉得我们宝宝很勇敢。

宝宝勇敢

47

开满野花的小路

　　秋天的周末，我们一家人都要去爬山。每次上山，宝宝都很高兴。她最喜欢那漫山遍野的野花、野果果。

　　不管是上山还是下山，宝宝都一直兴致勃勃，一会儿跑来跑去，一会儿又倒退着走。一看到花，就要伸手摘；一见到有蝴蝶，就要捉。

　　爸爸告诉她："路边有花儿，路才美丽；有蝴蝶，花儿才漂亮；宝宝来了，蝴蝶才高兴。没有花儿了，没有蝴蝶了，别的小朋友来，就不好玩了。"

　　我们宝宝还真懂道理，再看到有金黄的野菊花时，她就会背着手，弓下身子去闻闻，然后告诉爸爸妈妈花儿很香；有紫色的千里光，她要俯下身子看上半天，忍不住时翘了食指轻轻地摸摸花瓣儿，很小心的样子；在白色、粉红、紫色的牵牛花面前，她就奶声奶气地背平时奶奶教她的儿歌："牵牛花，会牵牛，牵着牛儿到处游……"爸爸去给她摘果果时，宝宝也会告诉爸爸："只摘一个，留下的等其他小朋友来摘。"

树叶抱着小鸟睡觉

不上幼儿园
认字
"写的小"
二上东山
环保小卫士
看蝌蚪怎样变青蛙
和爸爸打牌
父母呼，应勿缓
八十加八十
鸵鸟给我跳舞
锄禾日当午
我长大了吃苦瓜
小燕子做早操
祖祖的祖祖叫什么
我是孙悟空
但是
跟着外公坐三轮
树叶抱着小鸟睡觉
蚊子画画
爸爸头上的秋天
我要供好多人啊

不上幼儿园

宝宝2岁半了，爸爸准备送她去上幼儿园。

在这之前，爸爸妈妈就经常告诉她：宝宝长大了，要到幼儿园去上学了。幼儿园里有很多小朋友，老师要教很多爸爸妈妈都不会的儿歌，还要讲故事，教宝宝跳舞，给乖宝宝发大红花。宝宝乖，爸爸就送她去幼儿园。奶奶平常也带她到附近的幼儿园去看那些小朋友做游戏。奶奶还给宝宝讲姑妈的儿子——洋洋哥哥上幼儿园的故事：洋洋哥哥第一天上幼儿园，看见其他小朋友都在哭，他不仅不哭，还对其他小朋友说："小弟弟小妹妹不要哭，我们在幼儿园学文化，爸爸妈妈上班班，下了班就会来接我们。"老师和小朋友都很喜欢他。洋洋哥哥上小学五年级参加全国数学竞赛就获得了全国一等奖，六年级参加"华杯赛"又获得银牌……宝宝听后对奶奶说："我还是要上学，哥哥拿银牌，我要拿金牌。"

但妈妈送宝宝上幼儿园的第一天，宝宝看到别的小朋友在哭，自己还是哭了。第二天妈妈就让爸爸去送她。一路上宝宝总

是给爸爸说她不上幼儿园。爸爸一边走一边给她讲道理。看看快到幼儿园的时候，她就开始耍赖了：说有鼻涕，爸爸帮她擦了；又说要屙尿尿。折腾了半天终于进了幼儿园，可她又说要屙尿尿，在厕所里赖着不出来。没有尿尿，又说要屙屎屎。磨蹭了很久也没屙出来，但她还是坚持说有屎屎。

　　爸爸要上班去了，她却黏在爸爸身上不下来。那样子娇娇的、可怜兮兮的，真让爸爸不忍心。最后还是幼儿园的阿姨把宝宝抱进教室的。爸爸转身走了，听到宝宝在哭。在校门外面，爸爸站了很久才离开。

　　到第四天，宝宝才不哭了。可不久又赶上放国庆大假。爸爸真担心宝宝过了7天后又不愿上幼儿园了。但爸爸是白担心了，后来宝宝越来越喜欢上幼儿园了，回来总会给爸爸妈妈表演在幼儿园学到的儿歌、舞蹈。每到周末，宝宝都会得到一朵小红花。宝宝还给爸爸说，她又当上值日生了，老师和小朋友都选她当小老师，做操、表演节目都是站在第一排。

认 字

宝宝认字很有天赋。

开始教宝宝认字时，爸爸很随意，在宝宝看那些有图的识字卡片时，随便教教她而已。宝宝看卡片时要问到爸爸呢就教，不问也就算了。后来爸爸却发现宝宝很多字都认识了。当时还以为宝宝是看到图片才认得，爸爸有时就用手把图挡住，或者把字写在纸上，她居然也认得。有次爸爸拿《学前学拼音》教她，才教了一遍，她竟能认识一半多。

但爸爸还是不想给宝宝定什么认字的目标，只是告诉宝宝，认的字多了，以后就能自己看故事书了。在外面玩的时候，不管哪里有字，宝宝都要去看看，很有兴趣地在里面找她认识的字。

宝宝快 3 岁时，有天爸爸带她在湖边玩，湖岸便道上隔一段就有一匹有吉祥图案和文字的地砖，她就蹦蹦跳跳地去找字认，遇到有认识的字就读出来。路过的人都觉得这娃娃很有趣。在一片地砖前，她一字一字地念出"天地长春"时，引得几个大哥哥、大姐姐齐声惊叹。其实连爸爸也很吃惊。因为爸爸虽然知道

认 字

　　她认得"天地长春"四个字，但是地砖上刻的是繁体字，里面的那个"长"字她是怎么认出来的，到现在爸爸也不知道。

　　宝宝3岁半时，爸爸在她读识字书时暗地里算了一下，宝宝能准确认识的字已有150多个了。

"写 的 小"

　　有时宝宝还真烦人，爸爸要写文章的时候，她总要来打扰，还说她也要工作，非得坐在爸爸身上在电脑键盘上乱按一阵子才出去。可不一会儿，她又会来"工作"。爸爸要练习毛笔字，宝宝也要写字，还总要爸爸写她说的字。一会儿说："你给我写个小字嘛。"一会儿又说："写个朱文禾的禾嘛，写个月亮的月嘛……"她从识字卡片上认识很多字，写半天也写不完。

　　爸爸有自己的事要做，只好在地板上铺上报纸，拿一支毛笔让宝宝自己去写。宝宝第一次要写字，2岁多点吧，爸爸教了一遍，就能正确地执毛笔了。宝宝写起字来还很认真，一笔一笔地，一点都不马虎，每个字都要写好多笔。她写的那些字，大多都只有她自己认识，看起来一排一排的，可都是些小菊花一样的东西。问她写的啥，她会很认真地念出来，都是一首一首的儿歌或者民谣什么的。

『写的小』

　　宝宝会写的第一个字是个"小"字。先是写中间一竖——不会写竖钩，然后呢，右边一点，左边一点——她老是这样，要先写右边的一点后才写左边的一点，而且左右两点都点得太高，这样，站在她的对面看，倒是像模像样的一个"小"字。问宝宝写的啥，她也会很认真地说："写的小。"

二上东山

　　有时奶奶要从书啊、报纸上找爸爸写的文章给宝宝看，指着上面的名字告诉她："这是你爸爸写的。"宝宝就会经常去把那些文章翻出来告诉大人"这是爸爸"。

　　奶奶教了几次，她才知道说："这是爸爸写的文章。"

　　有一天宝宝问奶奶："爸爸写的什么？"奶奶说："等你长大会认字就知道了。"宝宝又问："爸爸写了我没有？"奶奶想起有一篇《二上东山》是写爸爸妈妈带宝宝爬山的故事，就找出来读给她听。宝宝听到写自己的地方就高兴得又笑又跳。

　　一次爸爸带她出去玩，一起去的邓伯伯看到她就说："我认得你，你叫朱珠，是你爸爸写的《二上东山》里那个乖娃娃。"宝宝很得意。

　　在家的时候，宝宝经常叫奶奶给她读《二上东山》。一到星期天，太阳出来了，宝宝就对爸爸说："今天有太阳，我们去爬'二上东山'。"爸爸纠正了好多次，告诉她："我们是去爬东山。东山是山的名字，《二上东山》是写爸爸两次带宝宝去爬东山的

59

故事。去第一次可以叫'一上东山'，如果写的是三次去爬东山的故事，就可以叫'三上东山'。"到下一个星期天的时候，宝宝还是说："爸爸，我们去'二上东山'。"但还不等爸爸纠正，宝宝又会自己说："我们是去爬东山，'二上东山'是写爸爸带我两次去爬东山的故事。"

环保小卫士

  东山是我们宝宝最喜欢的地方，那里有山有湖，花儿多，野果果多，蝴蝶、蜜蜂也多；可以玩水，可以划船。星期六和星期天，很多小朋友和爸爸妈妈都爱去玩。宝宝一去，玩一天都不愿回来。有时，我们中午就在外边的农家乐吃午饭，但宝宝更喜欢给她买些小零食在湖边草地上野餐。

  野餐就总会带些面包、水果、小瓶的矿泉水什么的，在草地上铺一张油布，大家就可以美美地享用了。每次野餐，爸爸都会让宝宝把果皮、肉骨头一类的垃圾放到树下去，而塑料袋、矿泉水瓶就装起来带走，到有垃圾桶的地方再扔进去。宝宝觉得很奇怪，爸爸就告诉她："果皮、肉骨头会自己慢慢腐烂，变成小树的食物；塑料类的呢，很久都不能烂掉，如果大家都把这些垃圾扔在地上，公园就会变得很脏，不美了。"宝宝就每次都要自己把那些"不能烂掉"的垃圾带走，放进垃圾桶。

  宝宝懂得了道理，在回去的路上，看到有别人扔在草坪上的塑料袋、空矿泉水瓶，就会去捡起来放进袋子里。一个不到 2 岁

的宝宝在草地上捡垃圾，得到了很多哥哥姐姐的称赞，还向她学习呢。

一天爸爸悄悄地给她拍了张照片，回家后传给姑妈看了。姑妈在照片上添了一行字：环保小卫士。很贴切。爸爸把这张照片给了报社的阿姨，宝宝的这张照片就被登上报纸了。

看蝌蚪怎样变青蛙

东山吸引宝宝的地方太多了，宝宝特别对昆虫一类小动物感兴趣。她很小就从识字卡片上认得那些小东西了。

"爸爸，这是七星瓢虫，你看它背上有七颗星星的嘛。"

宝宝每回看到那些昆虫都会蹲在地上看半天。看到别的小朋友捉知了，她也要爸爸给她捉，捉到就放在空的矿泉水瓶中观察。她会告诉爸爸知了的眼睛有多漂亮，翅膀怎样美。爸爸告诉她："知了我们平时都叫它蝉子，它只能活几十天，过了秋天就会死了。"宝宝在要回家的时候，把瓶子里的知了都放出来，说这些蝉子陪她玩半天了，让它们回去。有一天她还告诉爸爸，她晓得什么叫"薄如蝉翼"了。爸爸都不晓得她在哪本故事书上看到了这个词。

特别让爸爸意外的是：周末她又兴奋地要去东山了，见爸爸还在磨蹭，就先和奶奶下楼了。在楼下等得不耐烦了，大声地叫："朱辅国，你还没下来啊，蜗牛都从楼上滚下来了！"声音大得让整个小区的叔叔阿姨都笑了。好长一段时间，认识爸爸的人见到

爸爸时都当笑话讲。这也是爸爸发现的第一句宝宝经典语言。

初夏的时候，东山的湖边上又会有大团大团的蝌蚪，宝宝和小朋友们都特别喜欢，会想办法把蝌蚪弄起来，装进矿泉水瓶里。有了大的，她还会要小的，每回都会装个半瓶。但不管宝宝多喜欢这些昆虫和小动物，到要离开东山的时候，她都会放掉。

有一天，爸爸发现宝宝好像忘了这事，就提醒她："回家了，让蝌蚪也回家吧。"宝宝在湖边磨蹭了半天，拿起的瓶里还有两只。

"这两只我要拿回去养起，看蝌蚪怎样变成青蛙。"宝宝小声地说。

爸爸想起来了，昨天晚上她听妈妈讲了小蝌蚪找妈妈的故事。

和爸爸打牌

宝宝最喜欢和爸爸一起玩打牌的游戏。我们玩的牌和别人的不一样，那些识字卡片就是我们的"牌"。

开始的时候，是一边摸牌一边认字，每拿一张牌宝宝就把上面的字认出来："我摸一张春天的'春'，爸爸摸一张小猴的'猴'……"然后又你一张我一张地出牌，宝宝先出完牌就会很高兴。

后来爸爸想了个办法，在宝宝出一张弟弟的"弟"之后，爸爸就出一张姐姐的"姐"，并说姐姐可以带弟弟去玩。宝宝灵机一动，找一张阿姨的"姨"打出来，说阿姨可以管姐姐。这就有点难了，到找不到出牌的理由时，就算"吃"不起了，该别人重新发牌。这样可就有趣多了，理由也花样百出：什么"河"里有"水"，"海"比"湖"大，"溪"流入"河"；"春"天过了是"夏"天、"秋"天……没几天，宝宝就能把"爷、爸、妈、哥、妹……""水、溪、河、江、湖、海……""狮、虎、狼、狐……"分门别类地出了。再后来，出牌的理由就更好玩了：

和爸爸打牌

65

"江、河、湖、海"出完了，宝宝还说她"吃得起"，比如会说："弟弟在湖边玩。"把大人、小人都接出来了。"弟弟在草地上照相。"花鸟鱼虫又接下去了。还有什么"玩着玩着风来了"什么的，把"风、云、雨、电、雪"又带出来了……

有时爸爸想变个法子难宝宝，比如几张能连起来说成一段话的，就可以几张牌一起出。但这也难不住宝宝，她一次就能把六七张卡片连起来说。在旁边观战的妈妈经常表扬宝宝很能干。

有一段时间，宝宝天天晚上吃过饭都要爸爸和她一起玩牌。奶奶来了，宝宝又教奶奶玩；回外公外婆家，她还要教外公外婆玩。宝宝常常得意洋洋地告诉爸爸她把外公都赢了。

父母呼，应勿缓

宝宝两三岁时，特别喜欢儿歌，幼儿园里学到的，都要回家背给爸爸听。家里有一本绘图民俗《百谣图》，她更是当和奶奶玩游戏一样背得滚瓜烂熟。爸爸每次回家，都会听到她一边和奶奶背"吃得饱，睡得着，免得蚊子咬脑壳"一类的民谣，一边"咯咯"地笑。

那段时间，也正是"国学热"的时候。爸爸想起自己上学时没学过多少经典，现在要用的时候还总要现翻书，很是懊恼，就想让宝宝试着背一些，便去书店买了一套回来。当然爸爸不会强迫宝宝，只是随便选些让宝宝跟着诵读。没想到宝宝还真喜欢，没多久，出去玩的路上她就总会叫爸爸陪她背"儿歌"。爸爸知道宝宝现在说的儿歌就是《笠翁对韵》，便一人一句地和她背起来。爸爸背不上来时，她还总给爸爸提示。慢慢地，爸爸就开始教她《弟子规》了。

爸爸教她诵读时都是不解释的，只在她愿意的时候就读一段，没想到等她第二天睡觉起来就都记得了。

父母呼，应勿缓

　　更让爸爸没想到的是，有天晚上 8 点过，妈妈在卫生间叫她："朱珠，快来洗澡，该睡觉了。"她却故意装着没听见，跑到爸爸身边来，贴着爸爸的耳朵说："我们不理妈妈哈，'父母呼，应勿缓'。"那一刻，爸爸怔住了：宝宝是怎样理解了的？

　　那之后爸爸更相信背诵经典的好处了，就有意识地引着她背。《笠翁对韵》背熟了，《弟子规》背熟了……爸爸干脆带着她开始背《道德经》。

　　地震之后，爸爸和奶奶经常带她去爬东山，上山路上就和宝宝一起背一章，差不多每次比赛都是爸爸先背到。上山后爸爸和伯伯叔叔们去谈事，宝宝和奶奶就到沙滩上玩。每次下山的时候，宝宝也会背了；复杂点的，爸爸却又忘了。所以每回比赛都是爸爸先赢，宝宝后胜。特别让爸爸没法理解的是：在爸爸看来都那么难的内容，不理解意思的宝宝却总能记住，而且总能把前后背的章节自己连起来，一个多月里就背得半部《道德经》了。有时还自己增加难度，让爸爸随便抽其中的第几章让她背。

　　春节的时候，没读过多少书的大爸来了。刚在外参加了成人学习班的大爸觉得现在的培训班里引入《弟子规》很时髦，想在家人面前卖弄一下自己的进步，背起《弟子规》来。这下在宝宝面前成了班门弄斧，背错了的地方宝宝"毫不留情"地纠正。

八十加八十

　　宝宝上幼儿园后没多久，老师通知开家长会。那天爸爸去了，结果是看宝宝们的珠心算表演。宝宝和另外一个小朋友一起站在最前面，有个大姐姐在旁边出题。小朋友们一起举着右手在空中比划着拨算盘珠的样子，很快就说出答案来，每次宝宝的答案都是正确的。表演完后，老师说是一个办珠心算培训班的到学校来试讲了几次，有愿意继续学习的小朋友就去报名。

　　回家的路上，爸爸问宝宝，喜不喜欢珠心算，宝宝说喜欢。

　　"那明天我们去报名哈？"

　　宝宝却问爸爸："啥子时候学呢？"

　　"以后每周四下午幼儿园放学后，宝宝就留下来再学习半小时，爸爸晚点来接你。"

　　"不去！"宝宝说得很干脆，"以后都没时间玩了。"

　　这事就这样算了，因为爸爸说过，宝宝上小学前的任务就是高高兴兴地玩。

　　但那段时间宝宝很喜欢算术。每回爸爸接她，在用自行车搭

69

她回家的路上，她都要在背后给爸爸出算术题，也让爸爸出题考她。不管是几加几，都难不住她，爸爸就出十加几的题来考她，她没学过，但经爸爸一提示，就又难不住她了。她还让爸爸和她比谁快，出得快她就答得快。一次爸爸说得急了，突然问她：80加80等于多少？出了题爸爸在心里偷笑，哪有给3岁的宝宝出这题的！没想到宝宝想了一下，说出"等于160"的答案。

"为啥等于160呢？"刚问完爸爸就有些后悔：这也问得太莫名其妙了！

"8加8等于16的嘛。"

爸爸无语。

八十加八十

鸵鸟给我跳舞

四川文化娱乐城离我们家很近，爸爸妈妈经常带宝宝去玩。

里面有很多小娃娃可以玩的东西，特别是有个小小动物园。动物园里有猴子、孔雀、梅花鹿、鸵鸟……

每回宝宝去了，坐会儿马马，荡荡秋千，就要去看动物。宝宝用带去的饼干喂猴子，扯青草喂梅花鹿，舞着花衣服一遍一遍地叫孔雀为她开屏，玩得可开心了。平常她不怎么喜欢鸵鸟，还有点怕。因为鸵鸟的腿细长，很高，脖子很长，在钢管扎的围栏里就能把头伸过来。

突然有一天，宝宝却喜欢起鸵鸟来了，到处找青草喂鸵鸟，还对爸爸说鸵鸟很乖。爸爸问宝宝："为什么喜欢鸵鸟了?"宝宝说："鸵鸟刚才给我跳舞了。"宝宝还拉着爸爸去看，不停地给鸵鸟说："鸵鸟、鸵鸟，你给爸爸跳个舞。就这样的喃——"宝宝双手微微向后张着，学鸵鸟蓬松了羽毛，抖动翅膀的样子。鸵鸟还真的和宝宝一样跳起舞来了。

鸵鸟给我跳舞

锄禾日当午

　　每次吃过饭，妈妈都用水把饭锅泡起来，方便清洗。虽然是用电饭煲煮饭，说是不粘锅，但每天锅里还是会有不少饭粒刮不下来。等奶奶再煮饭去洗时，总有小半碗饭呢。

　　奶奶不好批评妈妈不知道爱惜粮食，在洗锅时就叫宝宝去看，还给宝宝讲："奶奶把这些饭都晒干，以后万一没有米吃了就给你吃。"宝宝不知道为什么。奶奶就给宝宝讲："现在有些地方的小朋友还没有饭吃呢。以前教你背的锄禾（在教娃娃背唐诗时，奶奶差不多都没教诗题，一般都是用第一句或第一句前两个字代替）中有'粒粒皆辛苦'，你数一下，这里有多少粒？"

　　后来每当妈妈舀了饭，宝宝都要去检查锅里还剩饭没有。她给妈妈说："你不把饭舀干净，奶奶就要我背'锄禾日当午'的嘛。"

我长大了吃苦瓜

宝宝很小就是个水果娃娃，吃水果从不让大人操心，但吃蔬菜的故事就多了。

宝宝2岁以前吃的都是单灶：按姑妈的要求，鱼肉泥饭、瘦肉泥饭、虾泥饭、鸡肝或鸭肝泥饭换着吃，当然也会弄些切碎的蔬菜放在里面。但有一天，奶奶看到宝宝偷偷地把我们大人舀饭的勺子拿到嘴里，馋猫样吃黏在勺子上的饭。我们知道宝宝想和大人吃一样的饭了，就取消了宝宝的单锅伙食。

开始宝宝很高兴，只要大人吃的，她都要，但慢慢地就挑起食来，喜欢的菜天天都要奶奶给她做，不喜欢的劝半天都不吃。偏食当然不成，有的营养素尤其是微量元素就会缺乏，不利于宝宝的健康和大脑发育。爸爸还是很"中国"的，做不到国外的爸爸妈妈那样爱吃不吃。就只好想办法给她讲道理："宝宝知道人是怎样变来的吗？人是猴子变来的。很久以前的猴子只知道吃水果，但后来遇到森林大火，烧了很多森林，水果不够吃了。一些猴子只有饿死，一些猴子搬到更远的森林里找水果吃，还有一些

75

猴子比较勇敢，就找些能吃的植物来吃，找那些被烧熟了的小动物肉吃。它们越吃越聪明，越来越会想办法，还自己动手打小动物吃，种菜吃，慢慢就变成了人。"

"我们现在吃的这些蔬菜，都是我们祖先们一辈一辈地尝试、选择，最后确定下来的，每一种都有它特别的美味和营养价值，每样宝宝都要认真地尝，多吃几回就会尝到它特别的味道了。想想啊，被祖先千挑万选出来的好东西，不同季节又会有不同的蔬菜长出来，每样蔬菜还会因为做法不同味道不一样，要是宝宝只吃其中的几样，会比别人少吃到好多美味啊！吃东西也是很快乐的事，要是挑食会少了好多快乐啊！"

宝宝真乖，她开始对很多不熟悉的蔬菜勇敢地品尝了，还像爸爸说的那样，大口大口地嚼，直到尝到蔬菜独特的味道来。

但是有一天，宝宝见大人都喜欢吃苦瓜，就跟着吃。这下遭了，宝宝苦得差点把舌头都吐出来了。这下爸爸再怎么说苦瓜好，宝宝都不吃了。

奶奶在旁说了句："爸爸和姑妈小时候都不吃苦瓜。"宝宝一下子高兴起来："我现在也不吃。我长大了吃苦瓜。"

小燕子做早操

宝宝3岁半的时候，已经上了一学期幼儿园中班了。爸爸习惯晚上熬夜，睡得晚，早上也起得迟。宝宝呢，每天睡得早也起得早。经常都是宝宝早上喊爸爸起床，还总把爸爸的手机拿出来给爸爸看："爸爸起床了，都8点过了，一会儿幼儿园的小朋友都开始做操了。"爸爸不得不起床送宝宝上学了。

秋天的有几天里，很是奇怪：在离我们家很近的一条街上，忽然不知从哪里飞来很多燕子，整条街的电线上都歇满了。有一天爸爸停下来叫宝宝看燕子，宝宝看了一会儿，很认真地告诉爸爸说："爸爸，那些小燕子在做早操。它们排得整整齐齐的，在天上飞的是老师。老师在教小燕子，老师做得很好，像跳舞一样。"

祖祖的祖祖叫什么

爸爸爱叫宝宝"臭儿子"。宝宝就叫爸爸"臭爸爸"。宝宝3岁多点儿的时候，她还总是叫爸爸"臭儿子"。每次爸爸回去，她一开门就要叫："我的臭儿子，你回来了嗦!"外公、外婆不同意她这样叫，宝宝说："我是爸爸的儿子，爸爸是我的儿子。"

什么乱七八糟的!

其实爸爸一点都不担心她把辈分搞不清楚，知道她不过是有意和爸爸装怪。姑妈早给宝宝买过一张碟，一两岁就经常在听：爸爸的爸爸叫什么？妈妈的姐妹叫什么？她早就分得清清楚楚。爸爸早晨送宝宝上幼儿园时，她还经常拿来考爸爸呢。

有一天在路上，她先自己背了一会儿，后来忽然依着从碟子上学来的句式问爸爸："祖祖的祖祖叫什么？"这还让爸爸答不上来呢。爸爸想了半天，才回答她："爸爸的爸爸叫爷爷，爷爷的爸爸叫曾祖，曾祖的爸爸叫高祖。曾祖就是我们宝宝喊的祖祖。那祖祖的祖祖——爸爸也不知道了。如果他还活着啊，就只好都叫他老祖宗了。"

我 是 孙 悟 空

　　有一段时间，宝宝爱看电视里演的《西游记》。电视里播完了，她又要奶奶给她讲孙悟空。在家，她要玩"金箍棒"，出去耍照相时，也尽扮些孙悟空的动作。

　　特别是有几天，不管在哪里，宝宝总叫奶奶为"师父"。别

人都觉得奇怪：这个娃娃咋喊奶奶师父呢？原来宝宝爱和奶奶做游戏，要"师父"念紧箍咒，还教奶奶要把一根手指放在嘴边念。这时宝宝就学孙悟空在地上打滚，嘴里还不停地求饶："师父别念了，师父别念了……"

　　有一天宝宝犯了一个小错误，奶奶拿来"家法"（三尺来长、不足寸宽的又薄又光滑的一条普通的毛竹片）准备打宝宝的小屁股。谁也没想到，宝宝居然学着孙悟空的动作，口念："奶奶手拿金箍棒，妖魔鬼怪全扫光。"奶奶忍不住大笑起来，宝宝免了一次皮肉之苦。

但　是

　　宝宝 3 岁半的时候，有几天特别爱用"但是"，不管说什么话，开始总是"但是"什么什么。

　　爸爸接她回家的路上，她给爸爸讲幼儿园里的事，还是总要用"但是"。爸爸问她："你怎么每句话都要用个'但是'呢？"她说："'但是'，爸爸……"

　　快要到家的时候，爸爸才想出了个办法。爸爸和宝宝下了车，走到湖边上。爸爸问她："湖对面是什么地方？"她说："'但是'，对面是艺术墙。"爸爸就给她讲，对面就是艺术墙，如果这里有桥，我们过去就很近，但是没有桥啊，只有顺着湖走到有桥的地方，才能过去。这样就要转好大一个圈。所以呢，本来很近的，要转个圈才到得了。我们这时就说，湖对面就是艺术墙，但是这里没有桥，只好多走点路。这个"但是"啊，就要在这种表示要转个弯的地方才能用，不是每句话都需要的。比如，这时该吃晚饭了，但是妈妈还没下班，回去也吃不成。

但是

宝宝好像是听懂了，但后来爸爸一直怀疑自己没讲清楚。但是，从那天以后，宝宝就没有说过"但是"了。

跟着外公坐三轮

　　宝宝不会走路时，爸爸经常抱着她出去玩。爸爸还说过，抱着宝宝走遍全城也不累。但从宝宝能走路开始，我们出去玩就都是她自己走。宝宝 1 岁零 10 个月时，爸爸带她去爬山，她就能自己上山下山了。每次从外面回来，宝宝想要赖，说走不动了，拦在爸爸妈妈面前要抱。爸爸就和宝宝一起玩"龟兔赛跑"的游戏，宝宝和爸爸轮着扮小乌龟和小白兔。一遍又一遍地玩，从很远的地方走回家，她都不会喊累。

　　从宝宝上幼儿园起，每天放学都是外公去接她。幼儿园离外公家很近，但宝宝每天都要坐三轮。爸爸背地里给宝宝讲："如果路远，又要赶时间，我们就坐出租车；不赶时间，就坐公共汽车。路很近呢，我们就走路。因为坐公共汽车比坐出租车节约钱，走路呢不仅不花钱还锻炼身体。"宝宝听后都点头，但第二天放学还是要和外公坐三轮。爸爸对外公说："让宝宝放学走路回家。"外公听爸爸的话是"一只耳朵进，一只耳朵出"，没听进去，还说："拉三轮的都认得我们家宝宝了，出校门她自己就坐

上去了。真没办法。"

奶奶知道这事后问宝宝："你天天坐三轮，以后比赛跑步怎么拿第一名呢?"宝宝说："我和爸爸妈妈去爬山就走路，和奶奶也走路，和外公就坐三轮。"

看来这个问题没办法解决了。

树叶抱着小鸟睡觉

我们家宝宝越来越喜欢上幼儿园了，因为她告诉爸爸妈妈说："每个老师都爱我。老师常夸我，说'朱文禾最乖了'。同学们都说'朱文禾，你真棒'！"

但是有一天，宝宝突然给妈妈说她不想上幼儿园了。这可让爸爸很为难，再对她说什么幼儿园里有很多小朋友，爸爸妈妈上班了谁陪你玩呢都不管用。后来爸爸才知道，幼儿园里老师教小朋友画画，她画不好，没得到老师的表扬。

这下爸爸有办法了，告诉她说，以前我们没画过画，画不好没关系，以后会画得很好的。

姑妈知道了，专门给宝宝买了两本简笔画，让她蒙着画。爸爸呢，就教她先画哪里，后画哪里。没几天，她就告诉爸爸，老师表扬她画得好了。

宝宝一喜欢上画画，每天晚上都要自己画一会儿，还把自己画的画整整齐齐地叠在一起，说是以后给姑妈看。

有一天，宝宝拿了一张她画的画给爸爸看。爸爸一看，这不

是从书上描下来的，而且画得很特别：上面有一个鸟的头，可该画身子的地方却画了一片银杏样的叶子。爸爸问她画的什么，她说："小鸟要睡觉，树叶把小鸟抱着。"

爸爸高兴极了，马上把宝宝说的话写在画的旁边，并把这张画收藏了起来。因为这是女儿画的第一张创作画，爸爸要把画保存好，等女儿长大了拿给她看。

蚊子画画

有一天早上爸爸起床的时候，发现卧室里靠窗的墙角有很多小黑点。想起昨天晚上爸爸写字的时候，宝宝要了一支毛笔，蘸上墨后就出去了，一晚上都没来打扰爸爸。现在终于知道是怎么回事了。

爸爸把宝宝叫过来，问她："你看看墙上是些什么？"没想到宝宝看了一会儿后，告诉爸爸说："那是蚊子画的画。"她还一本正经地说："昨天晚上，爸爸写字的时候，我看见一只小蚊子在墨盘里吸饱了墨，就飞进卧室里去了。我悄悄地跟着它进来。看见它躲在窗帘布里面，在墙上画画。"

爸爸知道宝宝在编故事，也不说破，反而问道："你看它画的什么呀？"

"它在墙上画了很多小黑点，那些小黑点又变成了几个小朋友在一起做藏猫猫的游戏。我想起它是下午我放学的时候，跟着我从幼儿园回来的。"

"可是它不在纸上画画，把我们白白的墙弄脏了。"

蚊子画画

89

　　"（所以）我就把它赶跑了。以后再看见它在我们家家的墙壁上画画，我就把它打死。"

　　"那以后爸爸要是再看到墙壁脏了，就找你算账。"

爸爸头上的秋天

秋天来了，爸爸妈妈带着宝宝出去玩，还约了爸爸的一个朋友，专门叫朋友把他的女儿江薇也带出来玩。那样，爸爸和朋友在湖边喝茶聊天的时候，宝宝就有小朋友一起玩了。

开始的时候，我们家的宝宝和江薇一起给大家唱歌跳舞、背儿歌。两个小朋友都很厉害，背了很多儿歌。后来我们家的宝宝背了一首刚在幼儿园学会的："秋风吹，树枝摇，红叶黄叶往下掉。红树叶、黄树叶，片片飞来像蝴蝶。"一边背诵，还一边比动作，真是可爱极了。爸爸就给两个小朋友出了个题，让她们一起去找秋天。

不一会儿，两个小朋友都拿着枯黄的树叶回来了，说是找到了秋天。爸爸和叔叔都表扬她们很能干。可爸爸又问了：从树叶上可以找到秋天，从别的东西上还能找到秋天吗？爸爸还告诉她俩，只要秋天来了才出现的东西上面都有秋天，好好想，好好看，秋天有哪些地方和春天、夏天、冬天不一样。

两个小朋友又蹦蹦跳跳地跑进湖边的树林里了。

91

过了一会儿，她们又回来了，争着说找到了秋天。

江薇说："小朋友都没有穿裙子了，但是也没有像冬天一样戴帽子、戴手套、穿厚衣服。"

江薇在小朋友穿的衣服上找到了秋天。

我们家的宝宝说："秋天来了，树林里开了很多小菊花。"

我们家的宝宝在菊花上找到了秋天。她又说："风吹在脸上，都有点冷了。风里也有秋天。"

江叔叔问："还有没有秋天？"

两个小朋友都答不上来了。江叔叔指着天空说："看看天上。秋天的天空很蓝，还有淡淡的白云，天空很干净，很高。"两个小朋友就一齐说："天上也有秋天。"

　　那天大家真高兴，一起找到很多秋天。后来，我们家的宝宝跪在爸爸的腿上，用手搂着爸爸的脖子。她突然大声地说："爸爸的头上也有秋天。"

　　爸爸和叔叔都一下子愣住了，隔了一会儿，又都哈哈大笑起来。宝宝还以为自己说错了话，脸色都变了，一脸不高兴。爸爸赶紧说："说得好，说得好，爸爸有好多白头发了，爸爸的头上是有秋天——那是爸爸生命季节的秋天。"

爸爸头上的秋天

我要供好多人啊

有一天听到宝宝和奶奶摆龙门阵，奶奶问宝宝："朱珠长大了做什么啊？"

"长大了像爸爸妈妈一样工作挣钱钱。"

"挣钱钱干啥？"

"给爸爸妈妈买牛奶。我要供他们啊。"

"光供爸爸和妈妈？"

"还要供爷爷、奶奶、外公、外婆，还有姑妈、姑爹，还有祖爷爷、祖婆婆……"

奶奶还在问，还供谁呢？宝宝就一个一个地把她知道的亲人都列了出来。后来，宝宝忽然说："囉哟，我要供好多人啊。"听得一家人都笑了起来。

爸爸多希望宝宝快快长大啊。但爸爸哪里希望着你的回报呢，从有了你的那天起，爸爸已经得到很多。你知道有那么多的人爱着你，你的人生就不会寂寞；你能像爱爸爸妈妈一样爱别人，你的路就会很宽广。等你长大了，翅膀长硬了，能飞多远就飞多远吧，爸爸只是希望有爱永远伴随着你，温暖着你。

附　录

感谢天使

我有女儿了，她来得让我有些措手不及。

想想结婚之初，我是很坚定地想过"丁克"家庭生活的。不是不爱孩子，相反，我深爱着所有纯真的面孔，任何一张稚嫩的小脸，都会让我在心底里荡起一片温馨的涟漪。当初我打算不要孩子，是因为担心我的孩子生活在日渐严重的被污染的环境里，像失去了水的鱼儿一样痛苦；担心孩子在日渐激烈的生存竞争中变得连我都不认识了；担心我遗传给孩子的诚实让他缺少一种人口大国所需的特殊生存能力，而倍受生活的煎熬。

然而，尽管我们小心地防范，终归还是百密一疏。我曾笑对朋友说，孩子是条漏网鱼。今年4月，妻有了妊娠反应，陪妻去旌阳区第二人民医院检查，果真是有了。在家就和妻说好了的，要是有了，就做掉。但在检查时，姐以前的同事赵医生一再劝我，岁数不小了，再不要，以后想要时怕就晚了。终归是赵姐那句"不要太在意经济压力，给孩子一个电动玩具和一个巴朗鼓都一样是爱"打动了我，我竟很果决地带妻回去了，连妻都感到很突然。

孩子的预产期是元月 2 日，又是在我没有充分思想准备的时候，她竟然就急匆匆地降临了，提前了整整 19 天。

12 月 13 日，还在上班的妻下午 5 时打电话给我说，肚子里的孩子调皮得厉害，怕是要出来了。晚上 8 点过，出现临产前的阵痛，10 时我送妻住进了市人民医院产科病房。

生命是一个实验过程，有没有孩子同样是一次人生。说实在的，对孩子的即将出生，我没有像大多数中年男人有要做父亲的激动，更多想到的是随孩子出生而来的责任。这些年被人自己弄坏了游戏规则的生存环境时时对人们构成威胁，而由我亲自缔造的一个光洁的生命，就要挣脱母亲的庇护，面对它了；对于医院，我一向是敬畏的，怕常常被媒体披露的一些让人想起都胆寒的事发生在一个稚嫩的生命身上。

妻的临产反应越来越明显，直接就送进了待产室。妻阵痛的间隙时间越来越短，从 5 分钟的间隙很快就到 3 分钟、2 分钟，妻从坚强忍耐到失声叫喊，抓得我手背生痛；看着妻的痛苦，看着越来越多的流血，我的心越揪越紧，越来越感到无助。

感谢上苍，孩子有福。我们遇到了邓清蓉、王东云两位好护士。或许是职业的要求，我更相信是她们天天迎接小生命的诞生而溢满胸臆间那份柔和，语音和目光竟轻柔得如裹上了一层天鹅绒。轻轻的一句"要当妈妈了，勇敢些"，"不要张开嘴叫，风灌进肚里会胀气的"竟如定海神针般管用。她们不断地细细地指导着妻和我，如天外来音般让人安定。这种声音，我的记忆里只有母亲对孩子才有。这时我才明白：任何一个人，不管年龄大小，社会地位高低，进了医院里，都是孩子。只有母亲的声音，才足以让孩子找到依靠，找到安全。我第一次明白，为什么她们配称"天使"！

14日凌晨2点45分，妻被送进了产房。按王东云的吩咐我搬了张凳子坐在第一道门外。我如何坐得住，握在手里的手机满是汗液，看时间一分一秒地在手心里走过。我把一只耳朵嵌在了门缝里，隐隐地听到里面有妻痛苦的叫声，平生第一次那么虔诚地念"观音菩萨"。忍不住时，我多次越过"雷池"，蹑手蹑脚地走到第二道门外，听到王东云和妻轻柔的说话声才又悄悄退回来。终被王东云发现了，她很轻柔地对我说："你不能进来哈，里面是消了毒的。"也是这天，才发现产房的第一道门的左边那扇门自然地向里张了一道缝，那缝里塞满了耳朵和眼睛！

4时零2分，我卡在门缝里的左耳神经跳了一下，准确地听到了女儿第一声稚嫩的哭声！

心里溢满了感激：女儿，我相信，是上天派了两位天使阿姨把你送给爸爸的；我相信，每天向人间的父母们送来新生命的天使们也许记不住你这么个小不点儿，但你一定会记住，送你来到爸爸身边的邓清蓉阿姨和王东云阿姨，还有为你接生的曾丽蓉阿姨；你会记住，14日这天，冬日里难得的早早就升起来的温暖朝阳。

2001 年 12 月

附

录

97

二上东山

　　杭州有西湖、吴山，我虽不曾去过，但其名却如雷贯耳。想来一是吴、越旧地，轶闻流播；二是南宋政府曾建都于杭州，数百年来文采风流多有偏注，而且唐有白乐天、宋有苏东坡曾在此筑堤引水。居于德阳，常为有旌湖、东山为幸，只是太过亲近，它们的诸多好处倒总被忽略。

一

　　2003 年秋日的一个周日午后，我和妻子带着 1 岁零 10 个月的女儿去了东山。乘 14 路车到终点站，几步路便进了东山西门。从西门上山最是捷近，沿苔痕浸染的水泥台阶可直到古戏台。我们左右牵着女儿，缓步上去。女儿初会数数，一梯一梯地边数边上，但仅能数到十三，又从头数起，乐此不疲。上数十梯，就有一缓冲平台。每爬上一个平台，女儿就兴奋得打着转转儿为自己鼓掌，口呼："欢迎、欢迎！"高兴之余还摆脱大人的手，自己走。我怜爱地看着女儿一步一摇地爬上一个个平台，也真心地为她鼓掌；既没留心上山共有几级平台，也没去记女儿数了多少次"十三"，总有数百梯吧，就这么轻轻松松、慢悠悠地上去了。

上了古戏台，自然要到玉皇观。折而向北，古木森森已掩不住道观木楼的翘角飞檐，有磬音清泠泠地传来。向来奇怪这道观里为什么供了观音，今天却觉得有了正好。我一般不专门去道观、寺院，如果去了，总要烧烧香，但不燃烛，更不烧纸，喜欢寺院里那种香烟味和钟声、磬音；不拜佛，还总忍不住要摸摸笑和尚——弥勒佛的凸肚。见了观音却是要拜的，有了女儿之后更拜得虔诚。

塑得好的观音像都雍容华贵，极具母性，占足了东方女性的高贵和圣洁。玉皇观里供的观音初看一脸慈祥的笑容，久视之下，却感到她的目光有很强的穿透力，直抵灵魂。女儿童心无忌，要去拿塑在观音像旁的魁星手里那支大笔，被我制止后又到菩萨前的蒲团上坐着玩。我告诉她，蒲团是拜观音娘娘用的，不能坐，"不乖，观音娘娘要打屁股。"她竟像听懂了，翻身跪在菩萨面前磕头。我想不笑又忍不住。就想起曾有幅新闻图片，摄了大人教儿童拜佛的场面。此情此景，才发觉那摄影者必是未作父母之人。

出观，沿环山的水泥路随意而行。东山来的次数太多，也就无意一定要去哪个景点。女儿一直兴致勃勃，时而跑来跑去，时而又倒退着走。见花，要伸手；见蝴蝶，要捉。我告诉她："路边有花，路才美丽；有蝴蝶，花才漂亮；宝宝来，蝴蝶才高兴。没花儿了，没蝴蝶了，别的小朋友来，就不好玩了。"女儿还真听话，再看到有金黄的野菊花

99

时，她会背了手，弓身去闻，告诉我们花花儿很香；有紫色的雏菊，她要俯下身子看上半天，忍不住时翘了食指轻轻地摸摸花瓣，那样子很小心；白色、粉红、紫色的牵牛花面前，她就奶声奶气地背平时她奶奶教她的儿歌："牵牛花，会牵牛，牵着牛儿到处游……"女儿有时要赖，要妻抱，妻说"妈妈累了，抱不动。"她转而挡在我面前，抱了我的腿："妈妈抱不动，爸爸抱。""宝宝能干，自己走。"山道曲折，道旁杂树、藤蔓多，正好捉迷藏。就这么看花、辨色、捉迷藏，长长的环山道，女儿竟都是自己走的。也有时大人在前面的山坡后等了半天，还不见她的动静，怕她真走不动了，回过去看，她却斜着身、歪着头，泥塑人儿似地看着密密的树林，轻声对你说："鸟儿在唱歌。"

日影西斜，时光在不知不觉中流走，我们已由东向北转南，围着建有眺庞楼的那山转了一圈。和妻有一句没一句地说着话，多半都是关于女儿的。我说："旅游千万不要和带小孩的人做伴，觉得烦；带着自己的小孩爬山，很有趣。"妻说："该有台摄像机了，把你带女儿爬山的情景录下来，说不准可以拿到电视上去播，还能作活教材。"

二

受前次爬山的鼓舞，次周末一早，见秋阳艳丽，一家子就又去东山了。这回我们坐6路车，从正门上山。这天游人多，小车、摩托、出租车更是穿梭似的，尘土飞扬，更让人担心女儿的安全。进山门不远，见左侧有一条上山的小道，想起这么多年了，到东山来多是直取古戏台，又或是到湖边野餐、划船游湖，进门左面这匹小山倒还从来没上去过，反正带着女儿来耍，何不就上去看看。

这是条未经人工整治的小径，时有旁逸斜出的灌木枝条挡道，黄泥地面又无梯阶。妻在前开路，我在后压阵，女儿居中。女儿被野藤绊倒了两次，都被一前一后的两声"勇敢""扶"起。其中一次因松土坡滑，女儿在地上滚了两转，起来时眼里都有泪水，还一边自己拍裤子上的灰尘，一边给自己说："朱珠勇敢！"

　　斜行有百米远近，山道折而南回，路宽了些，也不见陡，斜斜地伸向山顶。放缓了心情，随女儿的兴致看那道旁的红籽儿和林间野生的红橘。不多时，前面 V 字形生出两条小道，中间现出一顺红砖瓦房来。没想到这山顶还有人家，顿生几分惊喜。

　　我当先快步来到房前。瓦屋面东，前有 3 米多宽的平地，设水泥桌凳，边上端直的杨树枯叶零落；正中为堂屋，北一室，南有一个小间，门户大开，室内空空，尘灰罩地，看来主人早已搬走。

　　南端有两分左右的一片平地，枯黄的荒草已齐膝了，还好里边有疏疏的几株橙树，零星地挂了半橙半青的橙子，个头也太小了些。边沿处还有一座原为种花而设的越冬棚，这时也只剩下木棍扎的棚架。棚的内外倒翻着不少的空瓦盆，几丛被遗弃的一串红顽强地在秋阳下开得一片红艳。

　　随手摘了几个橙子，回到屋前。妻已将水泥桌凳上的落叶除净，把带来的水果、瓜子摆好了。女儿见了我捧回的橙子，放下手中的苹果就拿了橙子来剥，费了好大劲才剥得露了果肉，就迫不及待地用嘴去吸："酸，好吃。"竟就再不要那些从家里带来的蜜柚和苹果了。妻看得咧嘴皱眉，直咽口水，说："看，外面摘的随便啥都要吃，像你。"

　　闷坐一会儿，我不自觉地发出一声叹息。

101

妻说："屋子后门外有一个精巧的小院，要上几级梯，一个平台，左右各有一株老桃树，树枝对着长，把平台都罩住了；屋里还有几袋花肥。"她是已经进屋看过了。

我说："原来的主人在这里可是过的神仙日子！种花种果，屋后那条小路两边也全是桃树——春天、夏天不知有多安逸——怕都是主人种的。"

"你不是总想在山里有这么个屋子么，哪天空闲了你就打个铺盖卷儿，抱几本书，带一箱方便面上来。这屋子可以白住的。"妻似笑非笑。

"爸爸，后面好多车车（在）跑。"女儿插进话来。

女儿的话一下让我恍然大悟：这屋子怕是从此废了，就为这山下开通不久的高速公路，现代文明有时竟也是一种极大的破坏力！怪不得近两年上山来总觉得有哪里不对劲儿。要是当初把路向东移几公里多好。据说发达国家的城市过境段公路都是全封闭的，等我们的经济上去了，或是把这段高速路封闭起来，或是把这段路改改道，也都是可能的，虽然会多付出些代价。这山顶人家还是有希望恢复旧观的，富起来后的人会去花这代价，肯定！或许要等到这座城市长到东山都处于市中心时，等到女儿长到都懂得人文环境对城市很重要的时候。

就这么一边感叹着一边下山，妻和女儿都听得很专注，直到走过一片青冈林时，女儿大喊大叫着"果果、大——果果"，去捡青冈籽儿，才转移了兴奋点。

在湖边的草地上吃过自带的午餐，抱着熟睡的女儿晒太阳。

下午租了脚踏双人船游湖，女儿坐在中间掌方向盘。可以最大限

102

度地靠近湖中的野鸭群和在岸边水草里觅食的成群鹭鸶；碧沉沉的湖水里色彩斑斓的秋山倒影、水鸟图，比三维立体图画还迷人。

妻说："水里的山更好看，层次更清楚。那些学画画的孩子，倒实在该多来看看。"

我问妻："知不知道，这些山以前是啥样子？"

"知道、知道，看过你写的那篇《东山回望》的小通讯嘛。"

我本是个外来的德阳人，在那次采访中才知道，东山在 20 年前还几乎是一座荒山，只有老玉皇观周围零星的有些树。1983 年德阳建市后，开展了一场声势浩大的植树造林活动。市上的第一届领导人发誓：不把东山绿化了决不罢休！缺水，靠人端着盆一层一层地递上去，不少当年参加了义务植树活动的人回忆起来还激动不已。20 年时间转眼便过去了，东山的绿化率目前已超过 80%，达到公园绿化的标准，不少野生动物也到东山安了家。20 年，成就了一个公园！它的好处会世世代代地留给德阳人。而在德阳建市 20 周年出版的一部老干部回忆录里，竟没有一个人提起东山，他们是忘记了么？！理由只有一个，当年他们胸中有的是一腔很市民化的激情，是把德阳作为他们自己的家园的。

直到女儿和水鸟们说够了她才明白的话，我们才上岸，林间已起暮霭了。

归途上，女儿忽然就冒出句："妈妈，我们明天又来。"

2003 年 11 月

附

录

后　记

　　这本小故事出版的时候，书中的主角"口袋娃娃"都11岁了。再翻看这些八九年前写的关于她的文字，仿佛看到女儿一路快快乐乐地走来，一愣神，已齐我肩高了。女儿偶尔还会从电脑上去翻出这些她的故事，看着，就问："这就是我嗦？"兴奋和快乐依旧。

　　后记就说点女儿那些"故事"后的事吧。女儿一直如我所希望的那样，快乐、健康。上幼儿园最让我骄傲的是在下面看她主持幼儿园六一儿童节文艺表演和班上的毕业典礼；上小学后一直是优秀学生干部，她的学习从上一年级起就没让我操过心，老师那句"教这样的学生是一种享受！"满足了一个父亲的虚荣。

　　我经常向朋友说起女儿姑妈的一个观点：只要是一个出生健康的孩子都可以培养成天才。我所理解的天才和我们一般意义上的"神童"不是一个概念，而是指每一个孩子都可以让他的天赋得以自然发展，情商和智商达到较高的水平。到目前看来，女儿也没有什么特异之处，甚至说不上多才多艺。要说突出点的就是她的文字能力。小学一年级下期，在没有学习要求的情况下自动写过一篇《观看梦回金沙》的日记，显示了她的文字组织能力：

"一片羽毛向我飞来，慢慢的，羽毛变成了大雁。戴上眼镜，大雁就飞到了我们的头上。摘下眼镜时，大雁就在荧屏上。我们先走进了庄园，又走进大森林，旁边有一条弯弯的小河，鱼儿在里面蹦来蹦去的，把清凉河水溅（jiàn）到了我的身上。青蛙向我扑过来，我还伸出了一只小手去捉青蛙呢！大象用它卷卷的鼻子吸了很多水，调皮的向我喷水，我感觉身上水淋淋的。一只小鹿被几个猎人看见了，猎人追不上小鹿，猎人就把自己手上的标

后记

105

枪扔了出去，我看见标枪向我飞来，我尖叫了一声：啊！结果呢？标枪只刺中了小鹿，并没有刺中我。把我给吓出了一身冷汗。"

这是从她的日记中摘录的几句，连标点符号都没有修改。那时她还不会分段，也不懂得什么是"作文"，就那么自然地写了出来，就那么让我感到吃惊！10岁时给我看她写的一首诗，还在甘肃省教育厅办的《未来导报》上发表了。

在本书的序中，我说过写那些故事没有想过什么教育意义的话，现在看来，我还是那么认为。要说故事中已客观地表现出了一些与教育相关的内容，我认为更应该说是表现了我对女儿教育的态度。

女儿上学后的轻松和快乐与早期的"陪她玩"关系极大，在玩中她学到了很多知识，认识了很多字，甚至小学课程中的很多内容都在无意识中"过"了。比如和女儿"打牌"，其实就是关于识字、组词、造句、看图说话等的综合训练；回家路上那些游戏，已让她学会了情境设置，这在她写的《观看梦回金沙》中那种用文字再现情境中已是很好的例证。

教育无小事，又都是些小事。

常常听到一些朋友说要陪孩子做作业，又常常为自己的知识跟不上孩子的学习内容而苦恼。我却从来没当过女儿的书童，有时她也会问一些知识性的问题，但多数时候从我这里得到的回答都是："爸爸不知道。"小时候就是这样。但长期以来，我都是告诉她这个问题该去问谁，比如生病了，告诉她这个问姑妈，因为姑妈是医生；做手工有困难找外公，外公参加过中国第一颗原子弹的安装……以至她从小就知道身边所有人的长项，懂得学习的方法和合作的重要，现在就会告诉我每次评优秀班干部是同学们全票通过的。

而我更想说的是，女儿运气真好，从小因为有姑妈保驾，身体一直健康，一直没进过医院。幼儿园遇上的是"刘妈妈"那样的几位好阿姨，小学的老师也都是她非常喜欢的好老师，领他们诵读经典，现在已背得半部《论语》了。她写诗就全是语文老师之功了。还有个特别好的姑爹，成都和周边的那些像"科技馆"一类她喜欢的地方，都是按她的喜好可以反复陪同游玩的。我相信，女儿会像爱她父母一样爱你们，因为我们所做的一切，就是为了培养一个健康、快乐、感恩的朱文禾。

朱辅国

2012年11月

后
记